HISTOIRE

DU DÉPARTEMENT DE SEINE-ET-OISE.

PORT-ROYAL-DES-CHAMPS,

PAR

MONTALANT-BOUGLEUX.

VERSAILLES,

IMPRIMERIE DE MONTALANT-BOUGLEUX,
6, Avenue de Sceaux.

1852

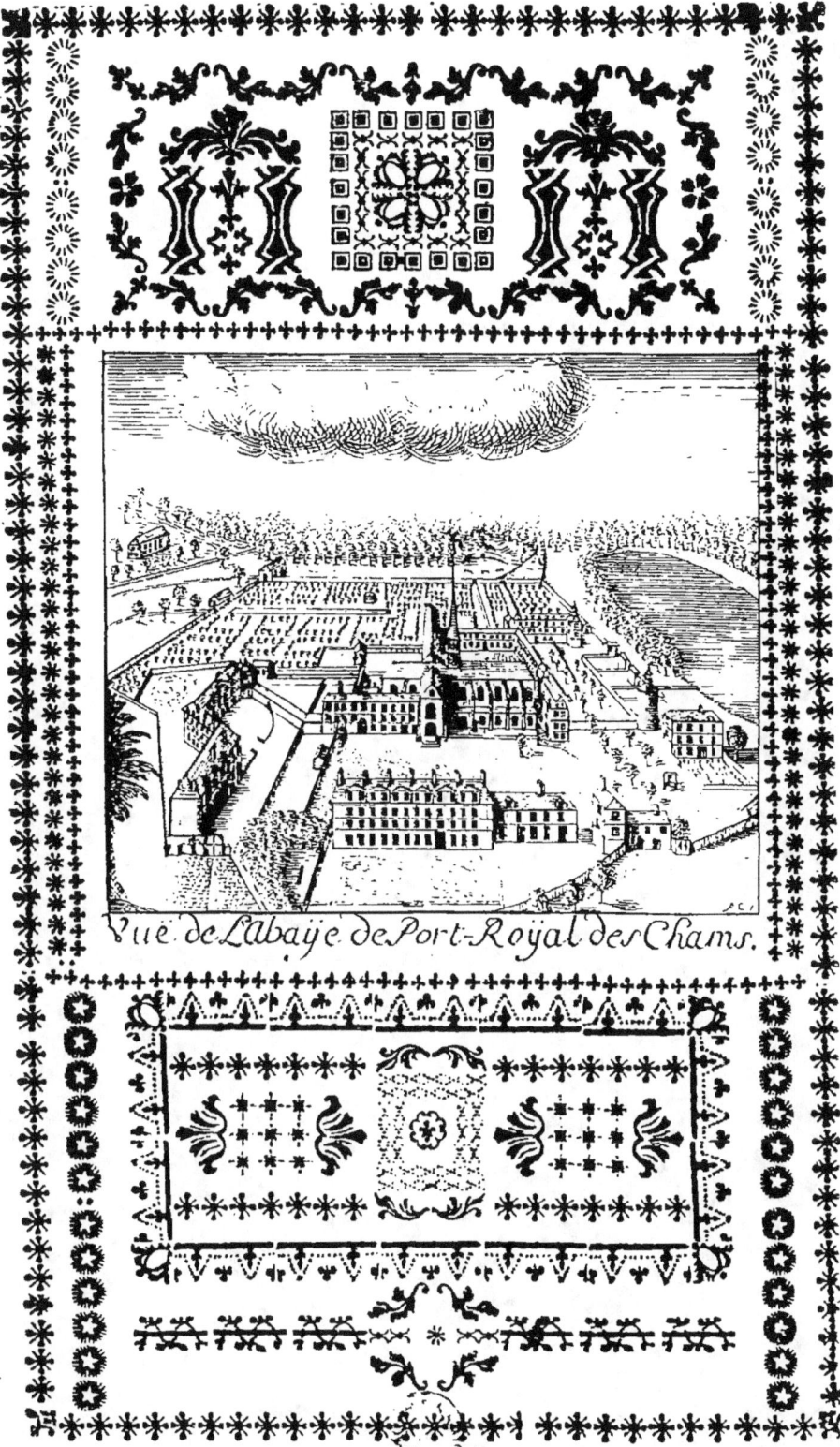

Vuë de L'Abaïe de Port-Royal des Chams.

Ils ont dit; Rajez-la, rajez-la jusqu'aux fondemens. Ps. 136.

PORT-ROYAL-DES-CHAMPS.

QUAND le voyageur est arrêté devant les ruines de quelque édifice rongé par les siècles, architecte, il se plaît à
restituer, sur le papier, les parties que le temps a fait
tomber de ces créneaux édentés, de ces rosaces flétries, de
ces nervures oblitérées; il éprouve une joie indicible à
supputer le nombre, la dimension, la forme des pierres
qui ont disparu : peintre, il impose à son pinceau de donner une existence nouvelle à ce débris qui était hier un
monument de l'orgueil ou du génie des hommes, et qui
demain peut-être aura disparu tout-à-fait, comme pour
attester la fragilité de notre espèce et de ses œuvres :
poète, historien, philosophe, il invoque et fait passer devant lui les hôtes successifs de ces demeures aujourd'hui
désertes; il assiste au spectacle de leurs maux, de leurs
joies, de leurs crimes, de leurs bienfaits; cette solitude se
peuple pour lui d'un monde vivant qu'il voit agir, aimer,
souffrir; et tandis que le temps, qui marche toujours, en-
lève à chaque pas qu'il fait une parcelle, une pierre, une
colonne de ce monument, le spectateur, retenu par je ne
sais quelle sympathie que l'homme éprouve en présence
de tout ce qui est comme lui sujet à la destruction, substi-
tue à chaque pierre qui manque, un souvenir, attache à
tout souvenir un enseignement.

Mais si les ruines qui s'offrent à nos regards, au lieu
d'être l'ouvrage des années, sont l'œuvre de la méchanceté
des hommes; si, au lieu de se montrer à nos yeux, moitié
couchées, moitié debout, et défigurées par le seul frotte-

ment des âges, elles laissent voir, à quelques traces, qu'elles ont été dispersées par une main plus impatiente que celle du Temps ; alors, poète, artiste, philosophe se détournent contristés, et la plus désolante amertume remplace dans leur cœur les douces émotions que leur promettait l'étude.

Cette pénible impression est celle que l'on éprouve lorsqu'on met le pied sur l'emplacement où fut jadis l'abbaye de Port-Royal-des-Champs, abbaye dont les ruines mêmes, ouvrages des hommes, ont été enlevées au sol par la main des hommes. Cet emplacement est situé à quelques pas de la route qui conduit de Versailles à Chevreuse, il est à un myriamètre de cette dernière ville, et à un et demi de la première. Là s'élevait un asyle dont les portes fermées par le recueillement sur de pieuses filles qui se livraient à la prière, étaient toutefois fort souvent ouvertes par l'hospitalité aux indigents que leur bonne étoile amenait de ce côté. Et pourtant le pèlerin qui la veille, continuant sa route, avait quitté cette maison solitaire en la bénissant, ne trouva plus le lendemain, à son retour, qu'une campagne rase et déserte d'où le souffle d'une colère puissante avait fait disparaître tout d'un coup l'asyle objet de sa reconnaissance.

L'homme du monde que le hasard fait passer près des quelques débris qu'on voit encore, les confond souvent, dans son ignorance inattentive, avec ceux de tant de monuments, victimes banales tombées sous l'aveugle marteau de la Bande-noire ou bien sous le niveau stupide de la Terreur, et il porte ailleurs ses regards distraits. Mais quand il est poussé par une curiosité plus intelligente, avec quelle surprise n'apprend-il pas qu'ici le démolisseur fut un roi, un roi excité par la haine jalouse d'une corporation religieuse ; et que ce roi, ce fut le fondateur même de Versailles, et que cette corporation, ce fut celle des jésuites, à qui, malgré leur ambition, le christianisme est redevable de tant et de si lointains prosélytes ; les scien-

ces de tant de progrès ; les lettres de tant de modèles ;
toutes les carrières ouvertes à l'intelligence, de tant de
guides sûrs et éclairés !

Quels étaient donc les hôtes des lieux qui furent l'objet
d'une si éclatante proscription ? c'est ce que l'histoire va
nous apprendre.

Le roi Philippe-Auguste, au milieu d'une partie de
chasse, trouva dans une solitude une chapelle construite
au bord d'un étang et entourée d'ombrages délicieux. Le
site lui parut si agréable, il y goûta quelques moments
d'un repos si plein de charmes, qu'il donna à ce lieu le
nom de *Port-Royal*, et fit vœu d'y établir un monastère.

A quelque temps de là, en 1204, la noble dame Mathilde
de Gorlande, à qui son mari, le seigneur de Marly, cadet
de la maison de Montmorency, avait, en partant pour les
expéditions lointaines de la quatrième Croisade, laissé
une grosse somme d'argent destinée à des œuvres pies,
alla consulter sur l'emploi de cet argent Odon de Sully,
archevêque de Paris et proche parent du roi. La promesse
de Philippe-Auguste revint en mémoire au saint prélat ;
ce souvenir inspira le conseil qu'il devait donner : un monastère fut bâti à Port-Royal, on y établit douze religieuses
de l'ordre de Cîteaux, et la pieuse offrande du seigneur de
Marly réalisa le vœu du roi de France.

Le premier âge du monastère s'écoula doux et sans
orages ; aussi, les rois, les seigneurs, les papes le comblè-
rent de présents, d'honneurs et de priviléges. Sa seconde
époque, dont on pourrait placer le commencement à l'arrivée des Valois, et sa maturité qui s'éteignit avec le règne
de cette maison, furent signalées par de grands déporte-
ments, par de nombreux scandales, et par un oubli presque complet des règles imposées à la vie monastique. Les
guerres avec les Anglais, les révoltes de la Jacquerie, les
querelles des Bourguignons et des Armagnacs, les soulè-
vements du protestantisme, les troubles de la Ligue, les

désordres de la cour, et mille autres causes successives de perturbation, qui firent long-temps de la France un vaste champ de bataille, un théâtre de saturnales et d'impiété, ne furent pas sans influence sur les destinées de Port-Royal. Le fracas des armes, les cris de la dispute troublèrent le pieux silence des cloîtres. Ceux-ci bientôt ne se contentèrent plus de prêter l'oreille à ces bruits ; ils ouvrirent leurs portes aux combattants, embrassèrent un parti dans les querelles, firent sauter les verrous de la réclusion, jouèrent leur rôle dans le drame du siècle, et souffrirent que leurs murailles, destinées à servir de barrière entre les joies bruyantes du monde et les austérités de la vie religieuse, devinssent l'asyle de la mollesse, de l'oisiveté et même de la débauche.

Le monastère de Port-Royal entra comme les autres dans cette scandaleuse déviation, et ce ne fut que vers la fin du règne de Henri IV, que touchant à son dernier âge, il ouvrit l'enceinte de ses murs à la réforme la plus complète et la plus édifiante, mais aussi aux persécutions les plus furieuses et les plus injustes,

Ce fut une abbesse de dix-sept ans, Marie-Angélique Arnauld, qui donna le signal de cette glorieuse réforme. Tant que Port-Royal se livra aux plaisirs et aux dérèglements de la vie mondaine, aucune censure, aucune admonition de la part de ceux qui furent depuis ses persécuteurs, ne vint tenter d'y rétablir le bon ordre et la discipline. Ce fut quand l'impulsion toute spontanée d'une jeune fille eut remis la communauté sous le joug de la règle ; ce fut malgré cette remarquable restauration que des tribulations de toute nature vinrent fondre sur ce pieux asyle de la prière et des bonnes œuvres. Pourquoi donc cette guerre si peu fondée et en même temps si implacable ? C'est que les ennemis de Port-Royal, les jésuites, n'en étaient devenus les ennemis que parce que la jeune abbesse réformatrice appartenait à la famille Arnauld, à cette famille qui, dès la fin du XVI.e siècle, avait

traversé avec tant de persévérance les empiétements ten-
tés par les disciples de Loyola.

Antoine Arnauld, né en 1560, fut reçu avocat au Parlement à l'âge de dix-huit ans. C'était un homme de
mœurs irréprochables, un royaliste dévoué ; et l'Université, qui avait à défendre contre les prétentions des jésuites des priviléges dont, après tout, elle abusait un peu
elle-même, le chargea de plaider contre les révérends
pères (1594). Arnauld plaida avec chaleur ; il demanda
même l'expulsion des jésuites, expulsion qui n'eut lieu que
quelques mois après, par suite de l'attentat de Jean Châ-
tel. Mais enfin il gagna la cause de l'Université ; aussi les
jésuites, après que l'édit de Rouen les eut rappelés, lui
vouèrent une rancune dont ses enfants eurent la survi-
vance, et dont Port-Royal, comme on va le voir, éprouva
rudement le contre-coup.

Nommée abbesse en 1602, Angélique Arnauld, fille du
précédent, n'avait que onze ans lorsqu'elle entra en fonc-
tions. Pendant les six premières années de son exercice,
l'abbaye demeura dans son ornière de désordres. Loin
d'édifier le monde par l'exemple de la sanctification des
plus saints jours de l'année, les religieuses le scandalisaient
par l'éclat des plaisirs auxquels elles se livraient fort souvent, et sur-tout dans les temps de réjouissances publi-
ques. C'est ainsi que le carnaval « se passait en mascarades
« et en bouffonneries. Les religieuses se masquaient entre
« elles, et le confesseur en faisait autant avec les valets
« de la maison (1). » Mais, en 1608, une circonstance
singulière vint déterminer dans le régime de l'abbaye un
changement subit et radical. Un capucin que l'on disait
chassé de son couvent pour cause d'inconduite, ayant demandé à Port-Royal-des-Champs l'hospitalité pour une
nuit, fut invité à prêcher les religieuses. Il prit pour texte
la sainteté et la beauté des devoirs prescrits par la règle
de saint Benoît, et il prêcha avec une éloquence si entraî-

(1) Racine, *Histoire de Port-Royal.*

rante, que la jeune abbesse, tout émue, puisa dans l'effet de ce discours la force de tenter une réforme dans son abbaye. Cette résolution n'était-elle pas prise d'avance ? Le capucin n'était-il pas un personnage aposté par la mère Angélique, ou même par sa famille, dans le but de frapper un grand coup ? C'est à quoi il est impossible de répondre. Il est du moins constant que, dès ce moment, les religieuses se réformèrent ; que la religion reprit tout son empire dans Port-Royal, et que, grâce aux exhortations et aux bons exemples de la mère Angélique, cette abbaye devint le modèle de beaucoup d'autres, qui se déterminèrent aux mêmes amendements. L'abbesse de Port-Royal reçut la mission glorieuse d'aller dans plusieurs couvents porter la réforme que le sien avait reçue. Elle remplit cette noble tâche avec une ardeur digne d'éloges, mais non sans de vives oppositions. non sans des résistances qui allèrent jusqu'à mettre ses jours en péril.

A quelques années de là, plusieurs hommes recommandables dans les lettres et dans la théologie, attirés par les charmes de la solitude, rassemblés par l'attrait de la parenté qui les unissait presque tous entre eux et avec la mère Angélique, firent construire, auprès du monastère de Port-Royal, une maison dans laquelle ils se retirèrent pour vivre loin du monde dont ils étaient dégoûtés, et pour se livrer à l'étude de la théologie et à l'enseignement de la littérature et des sciences. Ces hommes éminents étaient, entre autres, Arnauld d'Andilly et Antoine Arnauld, surnommé depuis le *Grand Arnauld*, tous deux frères de l'abbesse : l'un était l'aîné de la famille, l'autre en était le vingtième et le dernier : puis Le Maître et de Saci, neveux des précédents : le premier, avocat célèbre, le second, illustré par sa traduction de la Bible ; Nicole, l'auteur des *Essais de Morale ;* Claude Lancelot, qui enseignait à Racine la langue d'Homère, et qui eut avec son illustre écolier cet intéressante aventure au sujet du roman grec des *Amours de Théagène et Chariclée.*

Antoine Arnauld, celui qui avait plaidé en 1594 contre les jésuites, était mort en 1619; sa veuve se retira dans le monastère de Port-Royal-de-Paris, succursale de Port-Royal-des-Champs, et elle eut, outre sa fille Marie-Angélique qui était l'abbesse, cinq autres filles et six petites-filles religieuses dans le même couvent.

La réunion de toute cette digne famille dans une même communauté; le bruit des mortifications corporelles que les solitaires de Port-Royal mêlaient aux plus nobles exercices de leur intelligence, bêchant le jardin, fauchant les prés, lavant les vaisselles (1) de la même main qui écrivait la *Logique*, les *Essais de Morale*, et tant d'autres ouvrages qui sont « les meilleurs livres classiques que « nous ayons encore et que nous ne faisons que répéter « (souvent en cachant nos larcins) dans nos livres élé-« mentaires » (2); les succès et la haute réputation des savants hôtes du Désert, attirèrent les regards de plus en plus attentifs, de plus en plus inquiets des jésuites. La rancune de ces pères contre la famille Arnauld fut envenimée par l'ombrage que leur causait le progrès d'un tel établissement; ils voyaient dans un avenir prochain le monopole d'enseignement auquel ils aspiraient, leur échapper pour toujours; ils voyaient s'élever une société qui devait effacer la leur; ils tremblaient, lorsque des disputes théologiques fournirent à leur animosité l'occasion de se faire voir dans toute son amertume.

Le grand Arnauld publia un livre sur *la Fréquente Communion*. Cet ouvrage contenait des théories opposées à ce qu'il appelait la trop grande facilité des jésuites dans l'administration des sacrements. Ce fut le signal d'un *tolle* général parmi les révérends pères. Heureux de voir naître un grief qui leur donnait le moyen de persécuter leurs ennemis sous prétexte de défendre leurs propres

(1) Racine, *Lettre à l'auteur des Hérésies imaginaires.*
(2) Chateaubriand, *Génie du Christianisme,* troisième partie, liv. II, chap. 6.

doctrines, ils attaquèrent non-seulement Arnauld, mais aussi plusieurs prélats qui avaient approuvé le livre du solitaire de Port-Royal; et un membre de leur société alla si loin, qu'il fut obligé à faire amende honorable à genoux. Ils s'adressèrent à la reine-mère pour forcer Arnauld d'aller à Rome rendre compte de sa doctrine : le clergé, la Sorbonne, l'Université, la faculté de théologie se mirent contre eux, et défendirent le célèbre docteur auprès d'Anne d'Autriche. Ils envoyèrent leur père Brisacier au pape lui-même, et n'obtinrent qu'un simulacre de satisfaction. Brisacier voulut se dédommager de son échec, et s'en prit aux pauvres religieuses de Port-Royal, qui pourtant n'étaient pour rien dans la question. Il les accusa de ne pas croire au Saint-Sacrement, de ne jamais communier, de ne prier ni la Vierge ni les saints, quand tout le monde était témoin du contraire; il les appela « des filles « impénitentes, asacramentaires, incommuniantes, vierges « folles, fantastiques, calaganes, désespérées, et tout ce « qu'il vous plaira (1). » L'archevêque de Gondi censura Brisacier, défendit Port-Royal, et rendit témoignage de la pureté des religieuses sous le double rapport des mœurs et des croyances.

Les jésuites ne se lassèrent point : ils répandirent dans le public de ces calomnies odieuses dont il reste toujours quelque chose dans les esprits, même détrompés; et ils en étaient à cette guerre d'escarmouches, quand la fameuse question du jansénisme et du molinisme s'engagea et monta les esprits à un nouveau degré d'effervescence. Arnauld et les siens tenaient pour Jansénius; et Port-Royal fut accusé d'être un repaire d'hérésie. Arnauld était vivement pressé de se défendre; mais son éloquence, propre à la controverse, n'était pas de nature à rendre populaire la justification qu'il eût entreprise. Il trouva

(1) BRISACIER, cité par PASCAL, Provinciale XI, et par RACINE, Histoire de Port-Royal.

heureusement un auxiliaire qui, rude et redoutable cham-
pion, vint se jeter dans la lice, et y produisit une sensa-
tion d'autant plus vive qu'on ne s'y était pas attendu.

Blaise Pascal, intelligence pleine d'activité, esprit créa-
teur qui n'avait à son service qu'une machine frêle et dé-
vorée par des souffrances continuelles ; Pascal, qui toutefois montra dès son enfance qu'il aurait inventé la géo-
métrie si cette science n'avait pas déjà existé, fut, dès l'âge
de trente-et-un ans, obligé, à la suite d'un accident qui vint
augmenter la défaillance de sa nature physique, de re-
noncer à cette étude des sciences exactes où il avait déjà
brillé par tant de découvertes magnifiques. Il lui fallut
l'air calme et pur des champs ; il lui fallut s'astreindre à
une vie sinon tout-à-fait solitaire, du moins entourée d'a-
mis paisibles et d'habitudes réglées. Jacqueline Pascal, sa
sœur, et Marguerite Périer, sa nièce, étaient religieuses à
Port-Royal ; cette circonstance, jointe au besoin du séjour de la campagne, devint pour lui une occasion de
faire connaissance avec le grand Arnauld et ses savants
amis du Désert. Grâce à de fréquents séjours qu'il fit
parmi eux, la santé lui revint par intervalles, et avec la
santé la sympathie pour les doctrines religieuses des pieux
solitaires. Son esprit, redevenu, après quelque temps de
repos, aussi propre que jamais aux fatigues de la médita-
tion, « s'aperçut du néant des sciences humaines ; il
tourna ses pensées vers la religion (1). M. Arnauld ne
tarda pas à connaître et à juger Pascal. Il s'avoua peu propre lui-même, à cause des allures pesantes et magistrales
de sa dialectique, à combattre fructueusement des adversaires qu'il fallait poursuivre avec légèreté dans les mille
détours où ils se réfugiaient ; et il déclara qu'il avait re-
connu Pascal comme le seul habile à ce genre de lutte.
Pascal se dévoua. Ses amis de Port-Royal lui livrèrent ce
qu'on pourrait appeler le matériel de la guerre. Argu-

(1) Chateaubriand, *Génie du Christianisme.*

ments à produire, textes à citer, vérités à soutenir, er-
reurs à réfuter, étaient autant de projectiles que ses
pourvoyeurs mettaient à sa disposition, et dont il bourrait
sa plume, taillée avec tant de grâce et d'originalité. Sa
première attaque, qui date du 23 janvier 1556, fit une
explosion qui terrifia les jésuites et qui mit les rieurs du
côté de MM. de Port-Royal. Ce coup, et dix-huit autres
qui le suivirent, sous le nom de *Lettres écrites à un Pro-
vincial par un de ses amis*, accablaient les révérends
pères sous une mitraille à laquelle ils répondirent tant bien
que mal. Ces lettres n'ont pas seulement immortalisé Pascal ; elles n'ont pas seulement fixé la langue française ;
elles ont, comme l'a dit M. de Châteaubriand, « ôté à la
« compagnie de Jésus sa force morale (1) ». Notre illustre
contemporain ajoute : « Et pourtant Pascal n'est qu'un
« calomniateur de génie : il nous a laissé un mensonge
« immortel (2). » Nous n'oserions contredire une si grave
autorité ; cependant il nous est permis d'élever encore des
doutes sur cette imputation de calomnie, car nous avons
sous les yeux une autorité non moins respectable : c'est
Boileau. L'illustre satirique repoussait de lui tout soupçon
de jansénisme (3). « La vérité est, disait-il, que je me déclare
« dans mes ouvrages ami de M. Arnauld, mais en même
« temps je me déclare aussi ami *des écrivains de l'école
« d'Ignace,* et partant je suis tout au plus *Molino-Jansé-*

(1) *Études historiques.*
(2) *Ibid.*
(3) A l'occasion, pourtant, Boileau laissait échapper des
marques de sa sympathie pour les jansénistes ; témoin ces vers
de sa onzième Satire :

> Sous le bon roi Saturne, ami de la douceur,
> . . . .
> La vertu n'était point sujette à l'ostracisme,
> Ni ne s'appelait point alors un...........

Et la Note de Brossette, ami de Despréaux, avertit que le mot
du dernier vers était *jansénisme.*

niste (1). » On voit qu'il appliquait fort bien un système de *juste-milieu* déjà connu de son temps. « Pour ce qui «'regarde le démêlé sur la *Grâce*, disait-il encore, c'est « sur quoi je n'ai point pris de parti, étant tantôt d'un « sentiment, tantôt d'un autre. De sorte que m'étant quel-« quefois couché janséniste tirant au calvinisme, je suis « tout étonné de me réveiller moliniste approchant du · « pélagien (2). » Eh bien! malgré ce soin de ne se com-promettre aux yeux de personne, il était si bien convaincu de la véracité des *Provinciales,* qu'il la soutenait en face du jésuite Corbinelli. Il disait que Pascal surpassait, à son goût, les vieux et les nouveaux écrivains. « Pascal, répon-« dit Corbinelli,. est beau autant que le faux le peut être. « — Le faux! reprit Despréaux, le faux! sachez qu'*il est* « *aussi vrai qu'il est inimitable* (3). » Pour infirmer les accusations portées par les *Provinciales*, on a cité quel-ques lignes de Voltaire dans le *Siècle de Louis XIV*, et l'on a ajouté que le témoignage d'un tel homme n'était pas suspect. Mais on n'aurait pas dû oublier que le jeune Arouet fut élevé par les jésuites ; que, né en 1694, année de la mort du grand Arnauld, il était entre les mains des révérends pères, précisément à l'époque (1709) où leur vengeance foudroyait le monastère de Port-Royal et le li-vrait au marteau des démolisseurs; que conséquemment il suça une grande et durable aversion pour le jansénisme dans ce collége où les rhéteurs de la compagnie de Jésus faisaient incessamment retentir leurs classes d'invectives contre les *Provinciales*, « les ouvrages de Nicole et le « Nouveau-Testament de Châlons (4). » Cette haine, l'au-teur de la *Henriade* ne la secoua point avec la poussière des bancs; car Condorcet nous apprend que « l'abbé de

(1) Lettre à Brossette, en date du 7 novembre 1703.
(2) Lettre à Bossette, 7 décembre 1703.
(3) Lettres de MADAME DE SÉVIGNÉ.
(4) *Histoire du différend entre les jésuites et M. de Santeui!, au sujet de l'épigramme de ce poëte pour M. Arnauld.*

« Châteauneuf avait présenté à Ninon Voltaire enfant,
« mais déjà poète, désolant déjà, par de petites épigram-
« mes, son *janséniste de frère* (1). » Voltaire, malgré
tout son génie, ne pouvait pas, plus que les autres hommes, effacer entièrement les impressions reçues dans l'enfance, et dans ce qu'il dit contre les *Provinciales,* ce
n'est pas sans doute l'ami des jésuites qui parle, mais c'est
l'ennemi des jansénistes.

Au reste les *Provinciales* reçurent de leurs partisans
et de leurs adversaires le double honneur d'être traduites
et annotées en plusieurs langues, et d'être lacérées et
brûlées en place publique par la main du bourreau. Les
ennemis des jansénistes ont pu, comme on le verra dans
la suite, détruire Port-Royal-des-Champs; mais ils auraient
dû songer qu'un ouvrage comme celui de Pascal est un
de ces monuments contre lesquels la vengeance des pou-
voirs humains, *nec Jovis ira, nec ignes,* ne peut tenter
que des persécutions impuissantes.

Qu'on ne croie pas pourtant que nous voulions ici défendre Jansénius contre Molina, ni Arnauld contre Loyola.
Ce serait un débat théologique pour lequel nous avouons
humblement et notre insuffisance et notre éloignement.
Peu importe d'ailleurs à la morale, et même à la religion
comme les meilleurs esprits la comprennent de nos jours,
que les cinq fameuses propositions soient ou ne soient pas
dans Jansénius, soient ou ne se soient pas orthodoxes.
Nous mettons cette question de côté; nous examinons
seulement la conduite réciproque des deux partis; et dans
cet examen, tout en défendant Pascal contre des accusations de calomnie, nous reconnaissons qu'on a dit que, du
côté des solitaires de Port-Royal, il y eut beaucoup d'en-
têtement et de présomption; nous n'ignorons pas qu'on
ajoute que les *Provinciales,* en attaquant la morale des
jésuites, s'écartent, sans doute à dessein, de la ligne prin-
cipale de la discussion; que ce chef-d'œuvre des pam-

(1) Condorcet, *Vie de Voltaire.*

phlets a exhumé des ouvrages qui étaient peut-être tom-
bés, pour la plupart du moins, dans un oubli trop profond
pour qu'il ne fût pas plus sage de les y laisser; que les
filles de Port-Royal, proclamées par l'archevêque Péréfixe
pures comme des anges, étaient, par la même bouche et
au même instant, déclarées *orgueilleuses comme des dé-
mons*. Mais s'il y eut beaucoup d'orgueil et quelque peu
de mauvaise foi de la part des jansénistes, la suite de cet
écrit prouvera peut-être que, du côté des jésuites, il y eut
au moins autant d'orgueil et encore plus de déloyauté ;
qu'on mit dans ce débat plus de sollicitude pour les inté-
rêts de la terre que pour ceux du ciel ; et qu'à ces torts
graves on joignit celui de la violence et d'une violence
brutale. Or, à notre avis, toute opinion qui procède par
la violence, proclame par cela même l'aveu de sa défiance
en elle-même ; les excès sont chez elle un symptôme de
faiblesse ; tandis que l'opinion contraire, fût-elle accusée
d'hérésie, est bien près de nous apparaître comme une
vérité, lorsqu'au défaut d'arguments on recourt contre
elle à la force.

J. Duvergier de Hauranne, abbé de Saint-Cyran et
disciple de Jansénius, avait enseigné et fait goûter à tous
les membres de la famille Arnauld les doctrines de l'é-
vêque d'Ypres touchant la *grâce*. Le grand Arnauld écri-
vit en faveur du jansénisme. Il était docteur en Sorbonne,
son écrit fut déféré au jugement de cette faculté; et
comme celle-ci paraissait disposée à absoudre le savant
théologien, on introduisit dans l'assemblée des docteurs
mendiants dont les voix étaient acquises au pouvoir qui
les payait. La règle autorisait l'adjonction de huit seulement de ces mendiants, et comme « il était plus aisé de
trouver des moines que des raisons » (1), on en appela qua-
rante, nombre qu'une autre assemblée avait déjà rendu
néfaste dans l'affaire du *Cid*. On ne permit point à Ar-

(1) *Provinciales*, Lettre III.

nauld de parler ; on limita à une demi-heure le temps
donné à chacun de ceux qui voulurent parler pour lui, et
l'on mit en évidence un sablier destiné à indiquer l'écou-
lement de cette demi-heure. Au moyen de ces manœuvres,
Arnauld fut condamné, et on l'exclut de la Sorbonne. Un
pareil triomphe était beaucoup pour la cause des jésuites ; ce n'était point assez à leurs yeux. Port-Royal était
frappé rudement dans la personne de son plus ferme sou-
tien ; mais il continuait de subsister, et la Société de Jésus ne devait être satisfaite que quand elle aurait vu la
destruction de cette école de jansénisme contre laquelle
elle avait fulminé son impitoyable *delenda Carthago*.

Le 13 mars 1656, six semaines après la condamnation
d'Arnauld, le lieutenant civil d'Aubray fut envoyé à Port-
Royal-des-Champs, avec ordre d'en faire sortir les pieux
solitaires et leurs écoliers. L'ordre fut exécuté avec ri-
gueur, et Arnauld lui-même fut obligé de se cacher. Cette
expédition sauvage n'était que le prélude d'un même
traitement qui menaçait les religieuses elles-mêmes. Port-
Royal voyait arriver son dernier jour : un miracle, réel
ou imaginaire, vint faire diversion, et le sauva pour cette
fois.

Mademoiselle Marguerite Périer, nièce de Pascal, et
jeune pensionnaire à Port-Royal-de-Paris, était affligée
d'une fistule lacrymale de la nature la plus pernicieuse et
considérée comme incurable. Le 24 mars 1656, on lui fit
toucher la relique de la *Sainte-Épine*, qu'on appelait
ainsi parce qu'elle venait de la couronne de Jésus-Christ,
relique dont le monastère était alors momentanément en
possession ; elle fut guérie, et l'on regarda cette guérison
comme l'œuvre du ciel. Les jésuites ne manquèrent pas de
nier le miracle. Leur père Annat, confesseur du roi, publia le *Rabat-Joie des Jansénistes, ou Observations sur
le miracle qu'on dit être arrivé à Port-Royal*. Ce libelle
n'eut pas le succès attendu ; la reine-mère, alors à Com-
piègne, se fit rendre compte de l'événement, et les rapports

ayant été favorables, elle fit suspendre les dispositions qui menaçaient l'existence du monastère. Les religieuses se rassurèrent; les solitaires, et Arnauld lui-même, revinrent à Port-Royal et reprirent leurs travaux.

Cependant la haine des jésuites n'était pas à bout. En 1657, ils obtiennent de l'archevêque de Toulouse, Marca, et font adopter par l'assemblée du clergé un formulaire qui désavoue les cinq propositions attribuées à Jansénius, et déclare que ces propositions se trouvent en effet dans le livre de l'évêque d'Ypres. En 1660, ils obtiennent que l'ordre soit donné à tous les colléges et autres établissements d'instruction publique de souscrire le formulaire.

Comme ils étaient armés de cet ordre, massue avec laquelle ils comptaient bien pulvériser Port-Royal, arriva l'année 1661, sur laquelle il faut arrêter quelque peu nos regards. Mazarin meurt le 9 mars; Mazarin détestait Port-Royal parce que le cardinal de Retz, son ennemi, avait protégé cet établissement. Mazarin n'était pas seulement le premier ministre de Louis XIV; il était demeuré, de fait, son tuteur, même depuis la majorité du jeune roi. Jusqu'ici donc, Mazarin peut être regardé comme le seul coupable des persécutions dirigées contre les jansénistes. Mais le ministre mort, quand le président de l'assemblée du clergé demande au roi à qui l'on devra s'adresser dorénavant pour les affaires ecclésiastiques : *à moi*, répond Louis. C'est donc lui qui assume la responsabilité de tout ce que Port-Royal souffrira par la suite. Mazarin toutefois n'éprouvait pour les savants hôtes du Désert qu'une haine fort indirecte et à laquelle il suffisait de laisser agir d'autres ennemis plus acharnés; mais Louis XIV, en secouant la tutelle de son premier ministre, tomba dans les mains de ses confesseurs, qui étaient jésuites : c'est dire que le danger de Port-Royal devint plus imminent.

C'était le père Annat qui, dans ce moment critique, dirigeait la conscience et se trouvait en possession de mettre

2

comme le confesseur de Henri IV, du *coton* (1) dans l'o-
reille de son royal pénitent. Il travailla si bien, il montra
si bien les jansénistes comme la queue de la Fronde, de
cette Fronde qui avait cruellement traversé l'enfance du
roi, de cette Fronde dont le nom seul l'exaspérait, dont le
souvenir l'effrayait à l'égal d'une menace ; il sut avec tant
d'adresse lui faire croire que les zélateurs de Jansénius,
déjà pourvus en secret d'une puissante armée, devien-
draient bientôt aussi redoutables pour lui que les calvi-
nistes l'avaient été pour ses prédécesseurs ; il sut si bien
faire, en un mot, que Louis jura dès ce moment une guerre
à mort à cette prétendue secte, et à Port-Royal, puisque
ce monastère en était comme le chef-lieu. Plus tard, l'ex-
périence et quelques rapports que les jésuites ne pou-
vaient toujours intercepter, auraient pu réconcilier Louis
avec les défenseurs de Jansénius ; mais les révérends
pères, toujours en éveil, savaient faire tourner toutes
choses à leur avantage. Après que le père Annat eut été
pris au mot pour avoir menacé de quitter la cour si le roi
ne rompait son commerce avec madame de Montespan,
ses successeurs, Ferrier, de La Chaise et Le Tellier, jésuites comme lui, mais instruits par cette leçon, se mon-
trèrent moins scrupuleux. A grands coups de *distinguo,*
dit un écrivain du temps, ils élargirent au monarque la
route des cieux ; ils trouvèrent le secret de réduire ses
péchés à des actions indifférentes ; ils excusèrent ses écarts
sur « l'infirmité de la nature » ; mais ils lui imposèrent pour
pénitence l'extirpation de l'hérésie sous toutes ses formes.
Heureux et reconnaissant de voir des mains si bienveil-
lantes semer de fleurs le chemin de son salut, Louis ac-
cepta le marché, et l'on sait combien il s'ensuivit de persécutions religieuses, au premier rang desquelles il faut

(4) Comme le père *Coton*, confesseur de Henri IV, passait
pour empêcher la vérité d'arriver jusqu'à lui, le peuple disait
que le monarque avait du coton dans les oreilles.

placer les *Dragonnades*, la révocation de l'édit de Nantes, et la destruction de Port-Royal-des-Champs.

Enfin les jésuites obtinrent, le 13 avril de cette année 1661, un arrêt du Conseil-d'État pour faire exécuter les résolutions de l'assemblée du clergé. Dès-lors le lieutenant-civil eut ordre de chasser de Port-Royal les pensionnaires et les postulantes, et l'on imposa au monastère un supérieur dont les cheveux se hérissaient au seul nom de Port-Royal. La première visite de ce nouveau supérieur fut fatale à l'établissement. La mère Angélique Arnauld, depuis quelque temps fort malade, succomba le jour même de son arrivée. Deux mois après, Jacqueline Pascal, sœur du grand écrivain, mourut à Port-Royal-des-Champs du saisissement qu'on lui causa en voulant la forcer de signer le formulaire de 1656, et elle fut, comme elle le disait elle-même, la première victime de ce formulaire.

Les années suivantes n'offrirent qu'une suite de tracasseries, de persécutions, de descentes de la force armée parmi ces faibles et paisibles religieuses que l'on décimait par intervalles en dispersant quelques-unes d'entre elles dans d'autres couvents.

Les savants solitaires s'enfuirent de nouveau; Arnauld alla chercher un refuge à Bruxelles; quelques autres, qui ne purent s'échapper, furent enfermés à la Bastille. Toutes les religieuses qui avaient refusé de signer le formulaire et qui n'avaient pas été dispersées, furent détenues dans Port-Royal-des-Champs : un exempt et quatre gardes y furent établis comme garnisaires; on intercepta toute communication avec le dehors; et on alla jusqu'à menacer de faire pendre dans les vingt-quatre heures tout domestique qui laisserait passer des lettres.

C'était peu de ces persécutions temporelles; on en ajouta d'autres auxquelles des religieuses devaient être plus sensibles encore, telles que la privation des sacrements pendant leur vie, des prières après leur mort, et toutes sortes de vexations dans leurs exercices de piété.

En 1669 le pape Clément IX apporte une modification au malencontreux formulaire, et les religieuses consentent à le signer ; leur monastère rentre en grâce, et les solitaires captifs sont élargis. Le grand Arnauld revient en France ; il est présenté au roi, acquiert une immense popularité, et rend Port-Royal plus florissant que jamais. Leur prospérité s'augmenta bientôt par le voisinage de la duchesse de Longueville, sœur du grand Condé. Cette princesse, amenée enfin à des goûts de solitude et de piété par la douleur que lui causait la mort de son fils, tué à vingt-trois ans, au fameux passage du Rhin, avait fait bâtir une habitation à Port-Royal-des-Champs (1672). Ce nouveau séjour devint une sorte d'hôtel Rambouillet, mais avec des personnages et des occupations plus graves, avec des résultats en rapport avec les progrès que le temps avait amenés. Mademoiselle de Scudéri avait présidé, dans l'hôtel de Rambouillet, une école de bel-esprit et de manières élégantes ; ce fut au profit du bon goût, de la saine littérature, de la solide éloquence, que madame de Longueville présida aux conversations de Port-Royal. Par malheur en ce monde rien n'est durable, et le bien l'est moins encore que le mal. Madame de Longueville était lasse d'intrigues politiques et galantes ; mais son vif besoin d'agitation la dominant toujours, elle se jeta dans les intrigues religieuses ; d'ailleurs elle n'avait pu se défaire entièrement de ses goûts d'opposition ; elle se fit donc janséniste, peut-être autant pour contrarier le roi que par véritable conviction. Messieurs de Port-Royal abusèrent peut-être un peu de l'appui qu'ils tiraient d'une si puissante prosélyte. Les animosités de la cour et de la Société de Jésus se réveillèrent ; le crédit de la duchesse les empêcha d'éclater sérieusement : mais après la mort de cette illustre protectrice (1679), les persécutions recommencèrent plus furieuses que jamais, et ne cessèrent de se renouveler sous mille formes qu'à la destruction de l'établissement, arrivée en 1709.

Arnauld s'était retiré dans les Pays-Bas ; il y traîna long-temps une existence ignorée et presque misérable, et mourut en 1694. Son cœur fut apporté à Port-Royal et déposé dans l'église de ce monastère. Il y eut à cette occasion une cérémonie à laquelle Racine assista ; la tante du grand tragique était alors abbesse du couvent. On comptait bien que les poètes ne manqueraient pas de profiter de cette occasion de faire briller leur talent, et que les pièces de vers tomberaient sur le cœur de M. Arnauld avec autant d'abondance que la terre jetée sur un cercueil : aussi un plaisant demanda-t-il pour les précieux restes, que les mauvais vers lui fussent légers :

> *Sint modo carminibus non onerata malis.*

Ce vœu fut exaucé : Racine composa une pièce pour le portrait d'Arnauld ; elle commence ainsi :

> Sublime en ses écrits, doux et simple de cœur.

Il fit une épitaphe dont les premiers vers sont :

> Haï des uns, chéri des autres,
> Estimé de tout l'univers. . . .

Boileau Despréaux composa aussi une épitaphe :

> Au pied de cet autel de structure grossière, etc.

Nous croyons inutile de reproduire ici ces trois morceaux, que tout le monde peut trouver dans les œuvres de Racine et dans celles de Boileau.

Mais il y a une épitaphe latine qui prit un caractère officiel, parce qu'elle avait été demandée expressément à son auteur, et qui eut alors un immense retentissement. Laissons parler l'historien du *Démêlé de M. de Santeuil avec les Jésuites* :

« Le cœur étant placé, il fut question d'une épitaphe.
« On crut ne pouvoir mieux s'adresser pour cela qu'à
« M. Santeuil, sur la possession où il est aujourd'hui de
« faire toutes les épitaphes du monde, et qui est si bien
« établie que le même homme qui va commander une bière

« chez l'ouvrier, va en même temps commander une épi-
« taphe chez M. de Santeuil. Comme l'affaire était délicate,
« les religieuses crurent devoir prendre le poète à leur
« avantage. Pour cela, elles l'invitèrent à venir passer
« quelques jours à Port-Royal avec un de ses confrères
« qui en était supérieur ; et, durant le séjour qu'il y fit, il
« se trouva si fortement prévenu de la *grâce efficace*, qu'il
« ne put se défendre d'en suivre l'impression et de faire
« pour M. Arnauld l'épitaphe qu'on lui demandait. »

En voici le texte, que nous croyons devoir reproduire,
et dont on trouvera d'ailleurs la traduction quelques lignes
plus bas :

> *Ad sanctas rediit œdes, ejectus et exul :*
> *Hoste triumphato, tot tempestatibus actus*
> *Hoc portu in placido, hac sacra tellure quiescit*
> *Arnaldus veri defensor, et arbiter æqui.*
> *Illius ossa memor sibi vindicet extera tellus*
> *Huc cœlestis amor rapidis cor transtulit alis ;*
> *Cor nunquam avulsum nec amatis sedibus absens.*

Cette pièce fut gravée sur le tombeau qui renfermait le
cœur du grand Arnauld, dans l'église de Port-Royal-des-
Champs, et fut en quelque sorte confiée au secret du sanc-
tuaire. Mais un certain sieur de La Femas, digne fils d'un
ancien lieutenant-civil qui avait eu dans son temps une
odieuse célébrité, trouva moyen, en pratiquant sans doute
quelques traditions d'espionnage que lui avait léguées son
père, de se procurer une copie de l'épitaphe. Il la tradui-
sit, tant bien que mal, en vers français, et fit imprimer
texte et version.

Voici son œuvre :

> Enfin, après un long voyage,
> Arnauld revint en ces saints lieux.
> Il est au port malgré ses envieux,
> Qui croyaient qu'il ferait naufrage.
> Ce martyr de la vérité
> Fut banni, fut persécuté,

> Et mourut en terre étrangère,
> Heureuse de son corps d'être dépositaire.
> Mais son cœur, toujours ferme et toujours innocent,
> Fut porté par l'amour, à qui tout est possible,
> Dans cette retraite paisible
> D'où jamais il ne fut absent.

C'était un vrai tour d'espion de police : car, traduire une telle œuvre en en exagérant les termes, comme Santeuil s'en plaignit, c'était chercher à la faire paraître plus coupable ; l'imprimer, c'était la dénoncer aux jésuites ; et la répandre dans le public, c'était l'attacher à un pilori où on l'exposait aux invectives des révérends pères. Il y eut, en effet, grand scandale. La mort de M. Arnauld délivrait la célèbre compagnie de son plus redoutable adversaire, et privait en même temps Port-Royal de son plus ferme appui. Cette bonne fortune aurait dû calmer les jésuites. Mais Port-Royal était toujours debout, et les bons pères étaient comme César, qui croyait n'avoir rien fait tant qu'il lui restait quelque chose à faire. Ce n'était pas assez du repos que devait leur laisser Arnauld : ils ne voulaient pas qu'il fût loué après sa mort. Ils cherchèrent querelle au pauvre Santeuil ; ils lui reprochèrent, comme les énormités les plus condamnables, plusieurs expressions de son épitaphe : *ejectus et exul — hoste triumphato — veri defensor et arbiter æqui*, non-seulement parce que c'étaient des louanges pour Arnauld, mais aussi parce que c'étaient autant d'injures adressées à ses persécuteurs les jésuites, au pape, à la Sorbonne et au roi lui-même, au roi qui avait été pourtant assez bon pour donner au poète Santeuil une pension de huit cents livres.

Santeuil eut peur pour sa pension : il tâcha de se défendre ; mais, il faut bien le dire, il se défendit sans dignité, sans bonne foi ; et dans toutes les démarches qu'il fit à cette occasion, il donna trop au public le droit de prendre au sérieux ce qu'il avait répondu un jour, en plaisantant, à l'acteur Dominique. Celui-ci lui avait dit :

« Je suis le Santeuil de la comédie italienne.—Oh ! pardi,
« si cela est, reprit Santeuil, je suis l'Arlequin de Saint-
« Victor. » Plein du désir d'apaiser les jésuites sans rom-
pre avec les jansénites de Port-Royal, il allait des uns aux
autres, donnant près de ceux-là des interprétations cap-
tieuses aux paroles attaquées, se faisant auprès de ceux-ci
un mérite du ressentiment de leurs adversaires. Il alla
jusqu'à désavouer publiquement l'épitaphe. Ensuite, il disait aux jésuites : « Cette épitaphe, je l'ai faite, mais malgré
« moi ; elle m'a été extorquée par une dame de Port-Royal,
« et une dame d'une naissance et d'une beauté à ne lui
« rien refuser. Je ne suis point du parti de M. Arnauld ; je
« suis tout jésuite, il n'y a que la robe qui me manque. Ces
« vers me sont échappés par l'importunité d'une femme ;
« c'est une dévote qui me les a demandés ; comment la re-
« fuser ? Elle m'aurait étranglé. Une femme, quel moyen ?
« je ne saurais rien leur refuser, et je ferais l'éloge des
« cornes du diable si elles me le demandaient ! »

Au reste, les ennemis des jansénites ne mettaient pas
pas plus de générosité dans leurs attaques contre Santeuil
que le moine de Saint-Victor ne mettait de franchise dans
sa défense. Lettres, diatribes, pièces de vers, épigrammes,
une avalanche d'écrits plus ou moins imprégnés de fiel,
plus ou moins farcis de mensonges et d'injures, était jetée
sur un homme seul, sur un homme sans importance et sans
appui. C'était le P. Du Cerceau, qui publiait la satire de
Santeuil vengé (Santolius vindicatus) ; c'était le père
Commire, qui écrivait le *Bâillon de Santeuil* (Lingua-
rium) ; un autre fulminait le *Santeuil pendu* (Santolius
pendens). Rollin, lui-même, le bon Rollin, ne craignit pas
de déroger à la douceur et à la gravité de son caractère
en composant le *Santeuil pénitent* (Santolius poeni-
tens) (1). Il est vrai que le savant recteur frappait égale-

(1) Peu de jours après, il parut une traduction de cette pièce
en vers français ; elle fut d'abord attribuée à Racine ; on sut
depuis qu'elle était d'un sieur Boivin.

ment sur Santeuil et sur les jésuites, et donnait de magnifiques éloges à la mémoire d'Arnauld. Les jansénistes, de
leur côté, ne manquèrent pas de reconnaître et de blâmer
la défection de Santeuil à leur égard ; et ils lui témoignè-
rent leur mécontentement par une pièce de vers burles-
ques qu'ils firent courir contre lui. Toute cette guerre de
plume, guerre frivole mais animée, dans laquelle une épitaphe d'une demi-douzaine de vers servit de thème à des
volumes de lettres, de satires, d'épigrammes, de commen-
taires, fait du moins connaître avec quoi l'on amusait alors
l'esprit public.

Pendant cette lutte, qui n'était après tout qu'un symptôme indirect de la haine des jésuites pour Port-Royal, le
monastère se débattait contre les attaques plus sourdes
peut-être, mais plus effectives, du pouvoir qui en avait juré
la destruction. Vers 1705 une nouvelle difficulté, relative
à des cas de conscience, fut élevée par la Sorbonne ; nouveau sujet de guerre contre Port-Royal ; nouvelle résistance, nouveaux sévices : enfin un décret de suppression
de Port-Royal-des-Champs et de réunion de ses biens à
l'abbaye de Paris, fut rendu le 11 juillet 1709 (1), décret
contre lequel les religieuses se pourvurent au parlement.

Il n'est peut-être pas inutile, pour l'appréciation des
faits, de noter ici que c'est au commencement de cette
même année 1709 que le père Le Tellier succéda au père
de La Chaise (2), et que c'est probablement au caractère
violent du nouveau confesseur qu'il faut attribuer la résolution extrême dont le récit va suivre.

Cette année 1709, si funeste à Port-Royal-des-Champs,
avait commencé sous des auspices très fâcheux aussi pour
toute la France. On avait essuyé le plus rude hiver qui se
fût peut-être jamais vu ; ce fléau fut suivi d'une affreuse

(1) Racine, *Hist. de P.-R.*
(2) Le père de La Chaise mourut le 20 janvier 1709, âgé de
plus de quatre-vingt-cinq ans.

disette, et d'un mal contagieux qui causa d'immenses ra-
vages; le printemps, dont on attendait le retour comme
devant mettre fin à tant de maux, ne vint que pour rallu-
mer les fureurs de la guerre. La cherté des grains, la misère du peuple, les embarras des finances étaient autant de
sources de désolation. Les cités étaient en proie à l'é-
meute, les campagnes et les routes étaient livrées au bri-
gandage, à cause du nombre de gens qui, chassés des
villes comme des bouches inutiles, étaient réduits au dé-
sespoir et s'apostaient pour détrousser les passants. Le
triste abaissement de la France vis-à-vis de l'étranger ne
faisait qu'aggraver cette situation intérieure. Louis XIV,
le plus superbe et le plus absolu des rois, était forcé de
s'incliner devant des puissances que tant de fois il avait
fait trembler, et en même temps d'implorer le concours
de ses propres sujets, qu'il avait jusqu'alors façonnés à le
regarder presque comme un dieu. Et cependant, lorsqu'au
sein de ces malheureuses conjonctures on aurait dû ne
songer à rien autre chose qu'à soulager le peuple et à soutenir le trône, on s'occupait avec une déplorable activité
à détruire le jansénisme. Les menaces de l'étranger pas-
saient par-dessus nos frontières et venaient nous assourdir
jusque dans Versailles ; et, au lieu de faire face à l'ennemi,
on s'acharnait contre d'inoffensives religieuses. Les baïon-
nettes étrangères étaient croisées contre nous, et le pouvoir envoyait ses soldats tenter une dernière expédition
sur Port-Royal.

En effet, inquiet de la tournure que l'appel interjeté par
les religieuses donnerait probablement à leurs affaires ;
rendu de plus en plus scrupuleux en matière de conscience
par les suggestions dont madame de Maintenon accablait
sa caducité toujours croissante; pressé par les sollicita-
tions de son confesseur, le jésuite Le Tellier, le roi décida
résolument d'en finir par un acte de violence.

Le mardi 29 novembre 1709, à sept heures du matin, le
silence accoutumé de Port-Royal-des-Champs est troublé

par l'arrivée d'une compagnie d'archers, escortant vingt-
deux carrosses dans chacun desquels est un exempt. Le
lieutenant de police d'Argenson est à la tête de ce singu-
lier convoi qui vient de Versailles, et qui a dû en partir de
bonne heure, non sans inquiéter beaucoup les habitants
de la ville royale et les populations des campagnes qu'il
traversait. Que pouvait signifier un si redoutable déploie-
ment de forces ? S'agissait-il d'aller prêter main-forte à
quelque ville voisine aux prises avec l'émeute populaire ?
Allait-on faire main-basse sur quelque repaire où s'étaient
réfugiés quelques-uns des brigands suscités par les effets
de la misère publique ? Non ! M. d'Argenson et sa troupe
avaient mission de forcer l'entrée du monastère de Port-
Royal-des-Champs ; d'arracher, bon gré, malgré, de leur
retraite, vingt-deux pauvres filles dont le crime était de se
trouver en dissidence avec le pouvoir dans cette question
du libre arbitre et de la fatalité, débattue sous tant de
formes chez tant de nations adonnées à des cultes différents, et sur laquelle tant de siècles n'avaient pu s'accor-
der ; ils avaient reçu l'ordre de traiter avec violence vingt-
deux religieuses qui n'avaient pour armes que leurs prières, qui n'opposaient pour résistance que leur sainte rési-
gnation, qui ne faisaient d'efforts que pour cacher leurs
larmes. Chaque religieuse fut poussée dans un carrosse
qui se referma impitoyablement sur elle; et l'on vit, non
sans un grand scandale, chacune de ces vingt-deux filles
pieuses et pures voyager seule dans la même voiture avec
un exempt aux formes grossières et bourrues, à qui la
conduite de d'Argenson, dans le cours de cette brutale expédition, n'avait guère donné l'exemple de la douceur et
de la retenue. Elles furent conduites dans vingt-deux mo-
nastères différents, joignant ainsi aux peines de l'exil les
regrets de la séparation. La nouvelle de cette exécution
fut accueillie dans la capitale par un cri unanime du
blâme le plus sévère. Mais comme la puissance et la con-
servation de leur ordre était ce qu'il fallait aux jésuites,

même au péril d'une popularité dont ils ne se souciaient guère, les révérends pères pourvurent à l'accomplissement de ce qui devait compléter leur coup-d'état ; ils obtinrent, le 22 janvier 1710, un arrêt qui ordonnait de faire disparaître les bâtiments de Port-Royal, et ils le firent exécuter avec diligence. Le monastère fut rasé, ainsi que tous les bâtiments qui avaient été construits à l'entour. On vendit les matériaux, on combla l'étang, on promena la charrue sur le sol qui avait porté les édifices ; puis, comme si on eût voulu déployer un appareil capable de frapper les esprits et de faire croire que les souillures de Port-Royal exigeaient une sorte de purification, on sema du sel sur le champ nouvellement labouré.

Les adversaires de Port-Royal en avaient fait disparaître tous les objets de leur aversion, animés ou inanimés, qui étaient à la surface du sol. Mais cette terre maudite recélait dans son sein des ennemis non moins exécrés. Là dormait le cœur de ce grand Arnauld, dont la mémoire leur apparaissait comme un spectre toujours menaçant, dont le nom, invoqué souvent, sonnait à leurs oreilles comme un sanglant reproche ; là dormait Racine, aux pieds de son ancien maître, dans un coin de cette terre chérie qu'il avait demandé par testament, comme s'il eût voulu, en demeurant à Port-Royal après sa mort, arborer avec sa croix tumulaire une éclatante protestation contre les injustices dont il avait vu pendant sa vie le grand roi abreuver cette sainte maison ; là reposait, après les ébats d'une vie brillante et agitée, le cœur de cette belle, aimable, spirituelle duchesse de Longueville, ce cœur qui en avait fait battre tant d'autres sous des émotions si diverses ; ce cœur par qui tous ceux qu'il aimait devenaient aussitôt *les mignons de la fortune* (1), prérogative dont ne jouit pas Port-Royal, que pourtant elle aima beaucoup, d'un autre genre d'affection, il est vrai. Là étaient cou-

(1) *Mémoires* de M.me Motteville.

chés dans un asyle que leur voix mourante avait béni comme devant être le dernier, comme devant leur être éternellement commun, tant de pieux et savants solitaires, tant de saintes religieuses qui avaient fait la gloire de cet établissement.

On a dit que les morts ont cela de bon, qu'ils ne reviennent pas ; mais cela ne suffisait point pour rassurer les destructeurs de Port-Royal. Il leur semblait peut-être que, du milieu de ces morts qui avaient dû être émus par le bruit de la grande catastrophe arrivée à leur maison, allait sortir cette menace déjà faite autrefois :

Exoriare aliquis nostris ex ossibus ultor :

ils résolurent de se débarrasser de cette nouvelle crainte. On avait dispersé les vivants, on dispersa les morts ; et, en 1711, leurs restes furent transportés, les uns dans différentes églises de Paris, les autres dans les cimetières des villages environnants.

Les jésuites, en détruisant Port-Royal, croyaient consolider l'influence de leur propre institut : ils firent tout le contraire. Comme Samson, ils furent écrasés sous les décombres de l'édifice qu'ils avaient renversé. En couvrant de leur sel réprobateur les sillons qu'ils avaient creusés sur des ruines, ils croyaient semer la haine contre le jansénisme ; la haine germa en effet, mais ce fut contre eux-mêmes qu'elle dirigea tout son fiel. Après cinquante années employées par la France à étouffer le souvenir de tout le bien dont nul ne peut contester la gloire aux jésuites, sous le ressentiment des maux qu'ils avaient causés à Port-Royal, cet ordre célèbre fut aboli en 1764. Voltaire disait à ce propos : « La charrue que le jésuite Le « Tellier avait fait passer sur les ruines de Port-Royal a « produit au bout de cinquante ans les fruits qu'ils (les « jésuites) recueillent aujourd'hui. »

Il ne reste plus guère de vestiges de cette maison de Port-Royal-des-Champs, autrefois si florissante. Au commencement du dernier siècle elle était encore debout, et il n'y a plus désormais que le doigt de la tradition qui puisse vous indiquer qu'ici était le monastère, là la maison de madame de Longueville, ailleurs celle du grand Arnauld et de ses collègues ; que sur ce tertre façonné tout exprès par la main des hommes, s'élevait l'église avec sa flèche gothique ; que cet enfoncement de terrain était un étang qui fut chanté par Racine jeune écolier, dans des odes où il montrait déjà sa passion, mais non pas encore son talent pour les vers, ainsi que l'a remarqué son fils. Seulement une tour en briques, oubliée on ne sait comment par les destructeurs, et quelques degrés qui paraissent avoir conduit à des caves, sont encore là ; et par le nombre des années que ces restes ont déjà vues, et par le nombre de celles qu'ils ont encore à voir, ils indiqueront à la postérité la longue durée dont une haine vindicative a privé Port-Royal-des-Champs.

FIN.

VERSAILLES. — IMP. DE MONTALANT-BOUGLEUX, 6, AV. DE SCEAUX.

www.ingramcontent.com/pod-product-compliance
Lightning Source LLC
Chambersburg PA
CBHW061610180626

46818CB00005B/2022